W0379493

**Bibliografische Information der Deutschen Nationalbibliothek**
Die Deutsche Nationalbibliothek verzeichnet diese Publikation in der Deutschen Nationalbibliografie; detaillierte bibliografische Daten sind im Internet über http://dnb.d-nb.de abrufbar.

MIX
Papier | Fördert gute Waldnutzung
FSC® C018236

Du möchtest noch mehr von uns kennenlernen?

Adaptation from episode 26 season 1 »Volpina«
Directed by Thomas Astruc
Written by Thomas Astruc
Storyboard by Matthieu Choquet and Léonie de Rudder
Titel der Originalausgabe: Miraculous – Supermenteuse!
Der Text ist erstmals 2017 bei Hachette Livre, Vanves Cedex, erschienen.
This translation is published by arrangement with Hachette Livre.

Adaptation from episode 2 season 2 »Prime Queen«
Directed by Thomas Astruc and Nathanaël Bronn
Written by Thomas Astruc, Matthieu Choquet, Fred Lenoir and Sébastien Thibaudeau

Titel der Originalausgabe: Miraculous – Star de la télé!
Der Text ist erstmals 2018 bei Hachette Livre, Vanves cedex, erschienen.
This translation is published by arrangement with Hachette Livre.

© 2025 arsEdition GmbH, Friedrichstr. 9, D-80801 München
Alle Rechte vorbehalten

Miraculous™ is a trademark of MIRACULOUS CORP
© 2025 MIRACULOUS CORP. ALL RIGHTS RESERVED

Übersetzung: Barbara Neeb und Katharina Schmidt
Umschlaggestaltung: Grafisches Atelier arsEdition unter Verwendung einer Illustration von ZAG

ISBN 978-3-8458-6239-2

Wir behalten uns die Nutzung unserer Inhalte für Text und Data Mining im Sinne von § 44b UrhG ausdrücklich vor.

www.arsedition.de

ZAG HEROEZ

# Miraculous™

## Superheldin im Einsatz

Aus dem Französischen von Barbara Neeb
und Katharina Schmidt

arsEdition

## Marinette & Ladybug

In Marinettes Leben gibt es zwei Dinge, für die sie leidenschaftlich schwärmt: Mode und … Adrien! Das Problem ist nur, dass sie immer anfängt zu stottern, wenn sie mit ihm sprechen soll. Doch Marinette hat ein unglaubliches Geheimnis: Sie ist Ladybug, eine selbstsichere und kämpferische Superheldin.

## Tikki

Das ist Marinettes Kwami. Um sich in Ladybug verwandeln zu können, braucht Marinette ihre Hilfe, denn Tikki muss dafür unbedingt in Marinettes magische Marienkäferohrringe, ihre Miraculous, schlüpfen. Die entspannte Tikki hat immer einen guten Rat für Marinette parat!

## *Adrien & Cat Noir*

Adrien ist DER perfekte Junge: gut aussehend, nett und beliebt! Wie Marinette führt auch er ein Doppelleben! Er ist Cat Noir, der Gefährte von Ladybug, in die er verliebt ist, ohne ihre wahre Identität zu kennen …

## *Plagg*

Adriens Kwami ist ziemlich faul und extrem miesepetrig, und wenn er ihm helfen muss, dann tut er das meistens eher widerwillig! Damit Adrien sich in Cat Noir verwandeln kann, muss Plagg in seinem Siegelring verschwinden.

# Hawk Moth

Niemand weiß, wer er in Wirklichkeit ist und wo er sich versteckt. Er hat die Macht, Menschen aufzuspüren, die negative Gefühle wie Wut oder Trauer empfinden, und sie dank seiner Akumas in Superschurken zu verwandeln. Sein Ziel? Er möchte Ladybug und Cat Noir unbedingt ihre Miraculous rauben, die mächtigsten Gegenstände der Welt.

## Die Akumas

Diese schwarzen, mit Zauberenergie geladenen Schmetterlinge können sich im Talisman eines Menschen mit negativen Gefühlen verbergen und sie so in Superschurken verwandeln.

# Miraculous

## Eine fast perfekte Täuschung

Aus dem Französischen von Barbara Neeb
und Katharina Schmidt

# 1

# Die Neue

Es gibt Tage, an denen Adrien sich liebend gern in Cat Noir verwandeln würde, auch wenn Paris gerade einmal nicht vor Superschurken gerettet werden muss.

Mit seinen Superkräften könnte er nämlich viel schneller von A nach B kommen, und das wäre an einem Tag wie heute wirklich obergenial! Schließlich ist sein Terminkalender wie immer knallvoll: Fechttraining, Schule, Klavierstunde, Chinesisch und gleich danach noch eine Fotosession für seinen Vater, den berühmten Pariser Modedesigner Gabriel Agreste. Adriens Tag ist bis auf die Sekunde genau durchgeplant. Nicht eine freie Minute!

Außerdem hätte er als Cat Noir ständig einen seiner berühmten witzigen Sprüche drauf und könnte den tollen Kerl spielen. Einfach megacool!

Aber leider geht das nicht und Adrien muss so bleiben, wie die anderen ihn ken-

nen: ein perfekter Junge, immer freundlich und hilfsbereit. Und kein angeberischer Superheld, der am liebsten Ladybug aufzieht und es ordentlich krachen lässt.

So ein Mist!

Adrien rennt die Treppe ins Erdgeschoss hinunter, vor der Haustür der Villa wartet schon geduldig sein Chauffeur in der Limousine auf ihn. Da hört er auf einmal aus dem Arbeitszimmer die laute Stimme seines Vaters. Als Adrien heimlich durch die offenstehende Tür späht, sieht er, wie dieser wütend auf und ab läuft. Oje! Sein Vater hat richtig schlechte Laune! Was ist da denn los?

Adrien würde ihn gern fragen, was los ist. Und wenn er es mal mit einem kleinen Scherz à la Cat Noir versuchen würde, um ihn auf andere Gedanken zu bringen? Aber ob Gabriel Agreste das gut fände …

»Natürlich stören Sie mich gerade!«, schimpft dieser ins Telefon. »Ja, ich bin beschäftigt. Und zwar mit etwas sehr Wichtigem. Was wollen Sie?«

Er wirkt völlig außer sich. Neugierig schleicht Adrien näher, um mehr zu erfahren.

»Was?«, empört sich sein Vater und klappt ein geheimnisvolles Buch zu, das vor ihm auf dem Tisch liegt. »Das ist inakzeptabel! Wir hatten Ihnen doch die genauen Maße geschickt. Sie hätten sich nur an diese Angaben halten müssen. Unglaublich! Was soll jetzt werden? Die Modenschau ist in drei Tagen ...«

Oh je! Adrien möchte jetzt nicht in der Haut des Gesprächspartners stecken.

Immer noch ins Telefon schreiend nimmt sein Vater das Buch und stellt es weg … und zwar in einen Safe, der sich hinter einem großen Porträt von Adriens Mutter verbirgt. Adrien traut seinen Augen nicht!

»Nein, nein, das geht nicht!«, donnert Gabriel Agreste. »Der ist unfähig! Rufen Sie meine Assistentin Nathalie an. Die wird Ihnen jemand anderes nennen.«

Ende des Gesprächs. Der Modedesigner schließt den Safe und verlässt sein Arbeitszimmer. Flink wie eine Katze kann sich Adrien gerade noch rechtzeitig verstecken!

Sobald sein Vater im oberen Stockwerk verschwunden ist, schleicht Adrien sich ins Arbeitszimmer.

»Los, komm schon, mach den Safe auf!«, treibt ihn Plagg, sein Kwami an, der nicht nur Camembert, sondern auch Geheimnisse über alles liebt.

Adrien streckt eine Hand nach der Zahlentastatur aus. Doch im letzten Moment zieht er sie zurück.

»Nein, das geht nicht … Mein Vater mag es bestimmt nicht, wenn ich in seinen Sachen herumschnüffle. Außerdem kenne ich den Code nicht und ich komme zu spät zu meinem Fechtunterricht.«

»Du bist echt ein Spielverderber!«, motzt Plagg.

Dank seiner Superkräfte dringt der Kwami durch die Panzertür und öffnet ratzfatz den Safe von innen.

Der Safe enthält nur ein paar Dinge, darunter ein Foto von Adriens Mutter. Plagg hat schnell alles durchstöbert.

»Also, was haben wir hier? Ein Buch über Tibet, eine zerknitterte Hotelbroschüre, einen alten verstaubten Schmöker, lauter unnützes Zeug …«

Er wirft das Buch Adrien zu und meint eher enttäuscht:

»Irgendwo hab ich das Buch schon mal gesehen.«

Adrien blättert es durch … und staunt nicht schlecht: ein Buch über Superhelden. Und es sieht wirklich sehr alt aus.

»Hawk Moth!«, ruft er auf einmal verblüfft aus, als er auf eine Seite mit dem Bild seines Erzfeindes stößt. Was hat der Superschurke denn in diesem Buch zu suchen?

In dem Moment hört er Schritte. Da

kommt jemand! Adrien zögert. Soll er das Buch in den Safe zurücklegen? Bestimmt wäre es das Beste … Aber seine Neugier siegt: Warum hat sein Vater ein Buch über Superhelden?

Schnell steckt er das Buch in seine Umhängetasche, bevor die Assistentin seines Vaters hereinkommt.

Ach wie schön, ein neuer Tag beginnt! Der wird bestimmt toll, weil ich wieder hinter *meinem* Adrien sitzen werde. Ich könnte seine wunderschönen blonden Haare stundenlang bewundern …

Heute Nacht hatte ich einen fantastischen Traum! Ich habe ihm gestanden, dass ich Ladybug bin. Adrien fiel vor mir auf die Knie und betrachtete mich aus seinen grünen Augen – diesen sanften Augen, in denen ich am liebsten versinken möchte. »Ach! Du warst das? Marinette, du bist einfach unglaublich! Darf ich dich auf einen Smoothie einladen?«, fragte er mich mit seiner samtigen Stimme.

Aber natürlich musste genau in diesem Moment mein Wecker klingeln. *Grrr!*

Als ich zusammen mit Alya vor der Schule ankomme, höre ich, wie Rose mit ihrer Freundin Juleka spricht.

»Stell dir mal vor: Lila kennt Prinz Ali«, sagt sie ehrfürchtig. »Sie ist sogar schon mit ihm in seinem Privatjet geflogen!«

Dann kommt Chloé vorbei. Sie beklagt sich bei Sabrina, die ihr die Schulbücher hinterherträgt:

»Wieso hat Jagged Stone einen Song über Lila geschrieben und nicht über mich?«

Sogar Nino hat kein anderes Gesprächsthema.

»Lila kennt alle Regisseure von Hollywood«, sagt er bewundernd zu Kim und Max. »Sie will mich sogar mit Steven Spielberg bekannt machen!«

Lila, Lila, Lila … Wer soll das denn sein?

Schnell laufe ich zu Alya und frage sie. Als angehende Reporterin hat sie immer alle Infos.

»Das ist die Neue, die aus Italien an unsere Schule gekommen ist«, erklärt sie. »Sie hat mir gerade ein Exklusiv-Interview für den Ladybug-Blog gegeben.«

Alya zeigt auf ein Mädchen, das oben am Ende der Treppe steht … neben *meinem* Adrien! Träume ich oder kitzelt sie ihm gerade neckisch mit der Fingerspitze über die Brust?! Das darf doch nicht wahr sein! Nein!

»Ladybug hat ihr mal das Leben gerettet«, fährt Alya begeistert fort. »Dieses Mädchen führt ein unglaubliches Leben! Ihre Eltern sind Diplomaten. Sie ist viel rumgekommen in der Welt!«

Was?! Megapanik! Eine Reihe schrecklicher Bilder läuft vor meinem inneren Auge ab …

Adrien, wie er sich unsterblich in Lila verliebt ...

Die zwei an Bord eines Privatjets, während ich auf einem jämmerlichen Roller hinterherhechele ...

Adrien-Romeo mit einer Rose im Mund, wie er seiner Lila-Julia ein Ständchen spielt, die oben auf dem Balkon steht und ihm anbetend zuhört.

Die beiden Turteltäubchen, wie sie Arm in Arm im Blitzlichtgewitter der Paparazzi über einen roten Teppich in Hollywood schreiten …

Holt mich hier raus, das ist ein Albtraum!

»Oh nein! Er wird mich vergessen!«, rufe ich entsetzt.

Im Vergleich zu ihrem Leben ist meines echt todlangweilig. Naja, das stimmt so nicht. Aber ich darf nicht darüber reden. Das ist doch alles streng geheim!

Und jetzt fallen mir fast die Augen aus dem Kopf, denn sie schnappt sich Adriens Hand und zieht ihn mit sich fort. Woanders nennt man so was Kidnapping!

Ich bettle Alya an, mir zu helfen, aber sie ist zu sehr mit ihrem Blog beschäftigt, weil durch ihr Interview mit Ihr-wisst-schon-wem die Klicks unglaublich in die Höhe schnellen. Sie überlässt mich einfach meinem traurigen Schicksal. Ich fass es nicht!

»Was ist denn hier bloß los?«, frage ich mich genervt. »Hat diese Lila wirklich alle hypnotisiert?!«

Tikki streckt ihren Kopf aus meiner Tasche.

»Du bist doch nicht etwa eifersüchtig?«, fragt sie mich.

Soweit kommt's noch!

»Wer, ich, eifersüchtig?! Überhaupt nicht.«

Trotzdem rase ich wie von der Tarantel gestochen die Treppe hoch. Mag ja sein, dass ich keinen Regisseur in Hollywood kenne und noch niemand einen Song über mich geschrieben hat, aber Miss-Superpromi wird mir meinen Adrien nicht wegschnappen.

Kommt absolut nicht in Frage!

# 2

## Eine Lüge zu viel

Lila hat sich mit Adrien in die Bibliothek abgesetzt. Jetzt wird mir alles klar: Sie sucht einen ruhigen Ort, um ihn besser hypnotisieren zu können. Dieses ausgekochte Biest scheint noch einige Tricks auf Lager zu haben!

Auf Zehenspitzen schleiche ich mich in den Raum und verstecke mich hinter einem

Bücherregal. Adrien sitzt an einem Tisch. Von seiner Kidnapperin keine Spur.

»Wo steckt sie denn?«, murmle ich vor mich hin.

Als Adrien ein Buch aus seiner Tasche holt, reagiert Tikki ganz komisch.

»Marinette!«, ruft sie plötzlich ganz aufgeregt. »Das Buch, das Adrien hat, muss ich mir genauer ansehen!«

»Wovon redest du?«, frage ich sie und beobachte entsetzt, wie sie zu ihm hinfliegt. »Komm zurück und versteck dich!«

Tikki hört nicht auf mich, saust aber hinter ein Regal, als Lila wieder auftaucht und sich neben Adrien setzt. Muss ich noch groß erwähnen, dass sich mir bei diesem Anblick sämtliche Haare sträuben?

»Wir können doch jetzt zusammen die Hausaufgaben für Geschichte machen«, meint diese Angeberin mit honigsüßer Stimme.

»Zu zweit macht es doch viel mehr Spaß, findest du nicht?«

Blablabla! Also ich kann auch mit den Wimpern klimpern und tief seufzen. Das ist doch keine große Sache!

Plötzlich fällt ihr Blick auf Adriens Buch und sie nimmt es sich einfach.

»Was ist das denn?«, fragt sie.

»Ach nichts ...«, erwidert er verlegen. »Nur eine Art Lexikon über Superhelden.«

Lila legt nun eine Hand auf die von Adrien. Das gibt's doch nicht!

»Ich liebe Superhelden!«, ruft sie aus und zeigt ihm ein strahlendes Lächeln wie aus der Zahnpastawerbung.

Die Lage ist schlimmer, als ich gedacht hatte! Es ist zu spät! Dieses Biest hat ihn bereits total eingewickelt!

Als ich kopflos aufspringe, stoße ich gegen einen Bücherwagen. Das bringt mich auf eine Idee … Ich kauere mich dahinter und nähere mich so den beiden, um sie ungesehen belauschen zu können.

Lila hat inzwischen ihren Stuhl ganz dicht an Adriens herangerückt. Wenn das so weiter geht, sitzt sie gleich auf seinem Schoß!

»Ich habe es dir nicht gesagt, aber Ladybug und ich sind total gut befreundet …«, prahlt sie.

Das glaub ich jetzt nicht! Was für eine ausgefuchste Lügnerin! Die würde das Blaue vom Himmel herunterlügen, wenn sie damit bei ihm punkten könnte. Und was das Schlimmste ist – es funktioniert!

»Ach, wirklich?«, fragt Adrien interessiert nach.

»Ich kann dir gerne mehr erzählen, wenn du willst«, schlägt sie ihm vor, ihr Gesicht ist nur wenige Zentimeter von seinem entfernt.

Doch plötzlich schaut sie sich irgendwie besorgt um und fährt im Flüsterton fort, als hätte sie Angst, dass jemand ungewollt mithören könnte.

»Aber nicht hier! Treffen wir uns nach der Schule im Park, dann erzähle ich dir alles, was ich weiß.«

Was für eine Schauspielerin! Völlig entnervt richte ich mich auf und stoße dabei aus Versehen den Bücherwagen an. Oh nein! Er prallt gegen eine Wand und fällt mit einem Mordskrach um. Ich kann mich gerade noch unter einen Tisch retten, um nicht erwischt zu werden. Puh! Das war echt knapp!

Gleich darauf fängt Adriens Handy an zu vibrieren.

»Ich muss los!«, erklärt er. »Mein Fechtunterricht beginnt in achtundfünfzig Sekunden.«

Rasch packt er seine Sachen und will los, aber Lila stellt sich ihm in den Weg. Überrascht lässt er seine Schultasche fallen und das Superhelden-Buch fällt heraus.

»Also ...«, raunt sie verführerisch. »Bis nachher im Park?«

Von meinem Versteck aus kann ich beobachten, wie sie das Buch rasch mit einem Fuß unter ein Regal schubst. Dann hebt sie mit Unschuldsmiene seine Tasche auf und reicht sie ihm lächelnd. Adrien hat von alledem nichts bemerkt!

»Ähh … Okay! Dann bis später«, erwidert er und ist schon verschwunden.

Hypnotiseurin, Kidnapperin, Lügnerin und jetzt auch noch Diebin! Dieses Mädchen schreckt wirklich vor nichts zurück!

Als Lila glaubt, dass sie allein ist, holt sie das Buch hervor und schlägt es auf.

»Eine Füchsin als Superheldin … Hm, interessant«, murmelt sie leise im Weggehen.

Ich frage mich, was sie vorhat.

Endlich kann ich aus meinem Versteck herauskommen. Tikki fliegt zu mir.

»Marinette –«, beginnt sie.

»Ich weiß!«, unterbreche ich sie. »Ich muss unbedingt mit Adrien reden, bevor er sich mit Lila im Park trifft. Er muss wissen, dass sie eine Diebin ist.«

»Nein!«, widerspricht Tikki. »Du darfst ihm noch nichts sagen. Ich muss mir erst das Buch ansehen. Wenn es das ist, wofür ich es halte, dann müssen wir es uns auf jeden Fall anschauen.«

Ich weiß nicht, worauf sie hinauswill. Das dämliche alte Buch ist mir völlig egal! Ich will nur diese Lila von meinem Adrien fernhalten.

»Tikki, wozu brauchen wir dieses Buch?«

»Das erklär ich dir, wenn ich mir sicher bin«, meint sie hastig. »Schnell, wir dürfen Lila nicht aus den Augen verlieren!«

Da muss sie sich keine Sorgen machen! Sie kann sich voll auf mich verlassen.

Nach der Schule folge ich Lila bis zu einem Schmuckladen. Jetzt kauft sie ihm auch noch ein Geschenk! Das sieht ihr ähnlich.

Während ich darauf warte, dass sie herauskommt, schaue ich mir auf dem Handy das Interview an, das sie Alya gegeben hat.

»Ladybug und ich, wir sind *so*!«, sagt sie und kreuzt Zeige- und Mittelfinger.

Ich platze gleich vor Wut! Lila kann vielleicht die ganze Welt mit ihren haarsträubenden Lügengeschichten einlullen, aber mich kann sie damit nicht täuschen! Niemals war ich entschlossener, die Wahrheit ans Licht zu bringen. Sie ist nur eine Blenderin! Adrien muss wissen, mit wem er es zu tun hat.

Als sie etwas später wieder aus dem Laden kommt, folge ich ihr unauffällig wie eine Privatdetektivin. Schließlich setzt sie sich auf eine Parkbank. Hinter einem Baum versteckt beobachte ich sie aus der Ferne. Mit dem Zoom meiner Handykamera kann ich sehen, dass sie einen Anhänger gekauft hat, der aussieht wie ein Fuchsschwanz.

Sie holt das alte Buch hervor und scheint etwas darin zu überprüfen, dann legt sie sich die Kette mit dem Anhänger um. Sie lächelt dabei so zufrieden, ich könnte wetten, sie hat etwas vor.

Plötzlich springt sie auf, lässt das Buch unauffällig in einem Abfallkorb verschwinden und legt eine Hand über den Schmuck. Adrien kommt auf sie zu. Als wäre nichts geschehen, nimmt sie seinen Arm und lädt ihn ein, sich neben sie zu setzen.

»Ich werde das Buch holen!«, flüstert Tikki und fliegt zu dem Mülleimer, ohne mir eine Chance zu lassen, sie davon abzuhalten.

Vorsichtig schleiche ich hinter ihr her, um ihr zu helfen, und bekomme so die Gelegenheit, die beiden auf der Bank zu belauschen.

»Also, du kennst wirklich Ladybug?«, fragt Adrien.

»Ladybug hat mir nicht nur das Leben gerettet ...«, beginnt Lila geheimnisvoll. »Wir sind richtig gute Freundinnen geworden. Denn wir beide haben etwas gemeinsam. Darüber wollte ich nämlich mit dir sprechen ... Ich stamme auch von einer Superheldin ab: Volpina!«

»Volpina«, wiederholt Adrien. »Warte mal, ich glaube, ich habe sie in meinem Buch gesehen ...«

Als er sich vorbeugt, um in seiner Tasche danach zu suchen, legt Lila ihm eine Hand auf den Arm, um ihn davon abzuhalten.

»Natürlich taucht sie darin auf«, antwortet sie ihm rasch. »Sie ist eine der größten Superheldinnen. Viel mächtiger und bekannter als Ladybug. Also, ich will ja nicht lästern, aber Ladybug schafft es nicht einmal unter die Top Ten ...«

Ich spüre, wie die Wut langsam in mir hochkocht. …

Lila zeigt Adrien die Kette.

»Meine Großmutter hat mir diesen Anhänger geschenkt.«

Was? Ich hör wohl nicht recht, oder? Behauptet sie jetzt etwa, dass dieser Anhänger ein Miraculous ist, nur um Adrien zu beeindrucken? Das geht zu weit! Ich werde diesem Biest schon zeigen, was eine echte Superheldin ist – und bei der Gelegenheit auch Adrien.

Ich laufe schnell in eine Seitengasse, um mich dort ungesehen verwandeln zu können. Dann einmal mein Jo-Jo geschleudert – und schon stehe ich als Ladybug vor den beiden.

»Hallo Lila! Wie geht's dir?«, beginne ich. »Lange nicht gesehen. Ich habe dein Interview auf dem Ladybug-Blog gesehen. Beeindruckend!«

Ich stelle ein Bein auf die Bank und schiebe mich zwischen sie und Adrien.

»Oh ja, ich erinnere mich auch, wie da sofort eine Verbindung zwischen uns war, als ich dir das Leben gerettet habe«, fahre ich spöttisch fort. »Seit dem Tag sind wir ja beste Freundinnen. Wir sind praktisch unzertrennlich! Aber kannst du mir kurz auf die

Sprünge helfen – wann war das noch mal? Ach ja, jetzt fällt es mir wieder ein!«

Ich durchbohre sie mit Blicken.

»Nie!«, platze ich in meinem Zorn laut heraus. »Und Freundinnen waren wir auch nie. Diese Blenderin hier wollte sich nur wichtigmachen … Sie hat alle angelogen.«

Gut. Jetzt ist ja wohl alles klar!

Derart bloßgestellt bricht Lila in Tränen aus und rennt davon.

»Hey, was sollte das denn?!«, fährt mich Adrien an, als sie weg ist. »Also, ich meine, warst du nicht etwas hart zu ihr?«

»Ich kann Lügen nicht ausstehen!«, verteidige ich mich. »Vor allem, wenn es um mich geht.«

Naja, er hat ja Recht. Vielleicht bin ich etwas zu weit gegangen … Aber wenigstens bin ich sie losgeworden, und nur das zählt, nicht wahr?

# 3

## Volpina

Eifersucht, Demütigung … das sind die richtigen Zutaten für ein perfektes Opfer! In seinem Schlupfwinkel kann Hawk Moth Lilas Wut spüren und er genießt sie. Mit einer Handbewegung verwandelt er einen der wehrlosen Schmetterlinge, die um ihn herumflattern.

»Flieg los, mein teuflischer Akuma, und verwandle sie!«

Der dunkle Akuma hat Lila schnell gefunden. Weinend kauert sie vor einem großen Plakat von Ladybug – der Person auf der Welt, die sie jetzt am meisten hasst.

Bye-bye, Superlügnerin! Es lebe Volpina!

Binnen Sekunden werden ihre dreistesten Lügen Wirklichkeit. Pass auf Ladybug, dass du nicht auch darauf hereinfällst …

Ich will nur eins: ganz schnell nach Hause und diese ganze Geschichte vergessen. Was für ein schrecklicher Tag! Einerseits bin ich froh, dass ich alles richtiggestellt habe – und Adrien vor dieser Superlügnerin gewarnt habe. Aber es tut mir auch leid, dass ich so hart zu Lila gewesen bin. Ich hasse es, eifersüchtig zu sein. Aber manchmal kann ich mich nicht bremsen ...

Auf dem Nachhauseweg sehe ich plötzlich etwas Schreckliches: ein glühender Meteor rast auf Paris zu! Wenn ich nichts dagegen unternehme, wird er alles vernichten. Alarmstufe Rot! Ich schleudere mein Jo-Jo und katapultiere mich über die Kathedrale Notre-Dame. Aber da saust etwas mit unglaublicher Geschwindigkeit an mir vorbei. Das gibt's doch nicht! Es ist eine andere Superheldin: blitzschnell und dazu noch superstark, denn sie schafft es, den Meteor aufzuhalten und zurück ins All zu schleudern.

Anschließend baut sich die Unbekannte auf dem Dach des Louvre auf.

»Ich bin Volpina!«, ruft sie aus. »Die einzige Superheldin, die Paris braucht!«

Für wen hält die sich eigentlich? Und was ist mit mir?

Die Menge, die sich unten im Hof versammelt hat, feiert sie wie einen Popstar.

»Volpina! Volpina! Volpina!«

Von einem Dach aus verfolge ich sprachlos, was da abgeht. Cat Noir taucht plötzlich neben mir auf.

»Anscheinend haben wir eine neue Partnerin«, freut er sich.

Ich kann seine Freude nicht teilen.

»Findest du es nicht etwas merkwürdig, dass diese Volpina so aus dem Nichts aufgetaucht ist?«, frage ich ihn.

»Keine Ahnung. Auf jeden Fall hat sie gute Arbeit geleistet!«, antwortet er voller Bewunderung. »Wäre sie nicht gewesen …

Empört verschränke ich die Arme.

»Ich hätte diesen Meteor genauso gut aufgehalten«, grummele ich.

»Hey, mach dich mal locker«, versucht Cat Noir mich zu beruhigen. »Ich sag doch nur, dass sie cool zu sein scheint.«

Als wir gerade vom Teufel, äh Fuchs, sprechen, kommt auch schon ein Schweif um die Ecke und Volpina steht mit einer langen Querflöte in der Hand vor uns.

»Hallo ihr zwei!«, begrüßt sie uns in einem Ton, der nur vor Selbstbewusstsein strotzt. »Ihr kommt mir gerade recht, ich könnte ein wenig Unterstützung gebrauchen.«

Und schon ist sie wieder weg. Verdutzt folgen Cat Noir und ich ihr auf das nächste Dach. Was wir dann sehen, raubt uns die Sprache: Vor uns auf einem anderen Schornstein steht tatsächlich Hawk Moth! Schnell ducken wir uns, damit er uns nicht entdeckt.

»Was? Ich glaub's nicht!«, bringt Cat Noir schließlich heraus, er wirkt genauso verblüfft wie ich.

»Er zeigt sich doch sonst nie«, wundere ich mich. »Er scheint etwas Schlimmes vorzuhaben …«

»Wir können ihn nur zu dritt besiegen«, meldet sich nun wieder Volpina. »Dabei kann auch jeder seine besonderen Kräfte einsetzen.«

Für wen hält die sich eigentlich? Die Chefin aller Superhelden? Na klar, Cat Noir lässt sich natürlich auf der Nase herumtanzen.

»Du kannst auf uns zählen!«

»Ich freue mich, dich endlich kennenzulernen«, fährt Volpina honigsüß fort. »Ich liebe deinen Look.«

»Oh, vielen Dank«, erwidert Cat Noir sichtlich geschmeichelt. »Dein Outfit ist übrigens auch nicht schlecht.«

Würg! Wenn ich den beiden noch länger zuhören muss, wird mir schlecht.

Aber etwas deutlich Wichtigeres macht mir Sorgen – und das hat gar nichts mit meiner angeblichen Eifersucht auf diese Superheldin aus heiterem Himmel zu tun.

»Erst der Meteor und jetzt Hawk Moth ...«,

wundere ich mich laut. »Cat Noir, jetzt mal ehrlich, findest du das nicht etwas merkwürdig?«

Volpina antwortet für ihn, was meine Laune noch weiter verschlechtert.

»Nein, wieso?«

Und mein Partner muss sich natürlich auf ihre Seite schlagen.

»Ich finde, du bist etwas merkwürdig, Mylady!«, spöttelt er. »Ist alles in Ordnung?«

Ich wende mich an Volpina.

»Sag mal, was ist denn dein Miraculous?«, frage ich misstrauisch.

»Meine Kette.«

»Und welche Superkräfte verleiht sie dir?«, hake ich wenig überzeugt nach.

»Ich kann fliegen und ich bin superstark.«

Auf einmal reißt sie entsetzt die Augen auf und zeigt hinter uns.

»Hawk Moth! Er entkommt uns!«

Und schon jagen wir über die Dächer von Paris, ich mit meinem Jo-Jo, Cat Noir setzt seinen Kampfstab ein und Volpina ihre Superkräfte.

Als unser Erzfeind auf dem Dach des Rathauses eine Pause einlegt, will unsere neue Partnerin das Kommando übernehmen und bestimmt, wer von welcher Seite angreifen soll. Also das geht ja gar nicht! Schnell überlege ich mir eine neue Taktik für uns alle –

naja, nicht soo neu, aber Hauptsache, ich muss nicht nach Volpinas Pfeife tanzen.

Ich jage nun Hawk Moth hinterher, aber ich kann ihn einfach nicht einholen! Jedes Mal, wenn ich neben ihm landen will, verschwindet er. Wie macht er das nur – eben ist er noch da und im nächsten Moment taucht er an einer anderen Stelle auf?

»Wo ist er denn hin?«, murmele ich, als ich kurz auf einem Schornstein lande, wo vor einer Sekunde noch mein Erzfeind gestanden hat.

Cat Noir kann ich gerade auch nirgends entdecken. Beim Laufen bin ich abgelenkt und trete auf ein Quadrat, das daraufhin blitzschnell rot aufleuchtet. Im nächsten Moment ist ein ganzes Arsenal an Sprengköpfen und Raketen auf mich gerichtet. Oh, nein, das war eine Falle!

Ein paar Schritte vor mir steht plötzlich Volpina und lacht höhnisch auf.

»Haha! Ich an deiner Stelle würde mich keinen Zentimeter bewegen!«, warnt sie mich. »Keine Sorge, Ladybug, ich will gar nicht deine Freundin sein! Aber jetzt kannst du wenigstens nicht mehr sagen, dass wir uns nicht kennen!«

Lila! Na klar. Jetzt fällt es mir wieder ein: Volpina ist die Superheldin aus Adriens Buch, die angeblich eine Vorfahrin von ihr war. Ich hatte recht: Hier ist etwas faul. Lila ist akumatisiert worden!

»Jetzt kannst du nicht mehr behaupten, dass ich eine Lügnerin bin«, ruft sie. »Aber bevor ich dich vernichte, sei so freundlich und gib mir dein Miraculous.«

Bestimmt ist das ein Befehl von Hawk Moth, der seinen Opfern aus seinem Schlupfwinkel telepathische Anordnungen erteilt.

»Niemals!«, weigere ich mich. Soll sie doch alle Waffen der Welt auf mich richten, so leicht gebe ich nicht nach!

Doch dann droht sie, an der Ecke vor uns ein hohes Gebäude einstürzen zu lassen. Als sie sieht, dass ich nicht reagiere, spielt sie eine Melodie auf ihrer Flöte, dann schickt sie mit ihrem Instrument eine Feuerkugel los. Vor meinen Augen trifft die Kugel das Haus und es sackt in einer Staubwolke in sich zusammen. Die Passanten laufen schreiend davon. Was für ein Albtraum!

»Hör auf!«, rufe ich.

Ich habe keine Wahl. Während ich meine Ohrringe löse, starre ich gebannt auf das Gebäude, das immer weiter einstürzt. Aber dann fällt ein Mauerstück auf eine Taube und etwas Unglaubliches passiert: Der Stein löst sich beim Kontakt mit dem Vogel in Luft auf und das Gebäude steht da wie zuvor.

»Es ist eine Illusion!« Jetzt begreife ich es. »Genau wie der Meteor und Hawk Moth! Das ist deine Superkraft!«

Illusionen! Auch nichts anderes als Lügen!

# 4

## Die Königin der Illusionen

Ich hätte es wissen müssen: Lila benutzt Illusionen, um ihre Lügen Wirklichkeit werden zu lassen! Mit meinem Jo-Jo lasse ich die Raketen blitzschnell zerplatzen. Dann ist Volpina an der Reihe. Aber als ich sie mir schnappen will, löst sie sich ebenfalls auf.

Sie war auch nur eine Illusion!

Ich rufe sofort Cat Noir an, um ihn zu

warnen. Wozu haben wir diese praktische Direktverbindung zwischen meinem Jo-Jo und seinem Kampfstab?

»Ist Volpina bei dir?«, frage ich ihn.

»Nein«, antwortet er. »Und von Hawk Moth keine Spur.«

»Kein Wunder, er war nämlich gar nicht da!«

Das Gesicht meines Mitstreiters im Display ist ein einziges Fragezeichen.

»Was erzählst du denn da?! Wir haben ihn doch gesehen!«

Ich kläre ihn auf: über die Illusionen, darüber, dass Volpina gar keine Superheldin ist und dass das zum Teil meine Schuld ist … Wenn ich Lila nicht vor Adrien eine Lügnerin genannt hätte, wäre sie nicht so wütend geworden und Hawk Moth hätte nicht ihre negativen Gefühle benutzen können, um sie zu akumatisieren.

*Das tut mir leid … Ich hätte sie nicht so*

*behandeln und ganz ruhig mit ihr reden sollen. So habe ich sie zu einer leichten Beute für unseren Erzfeind gemacht.*

Aber für Selbstvorwürfe ist es zu spät. Jetzt hilft nur noch eins: Ich muss sie finden, um alles wieder in Ordnung zu bringen. Ich weiß auch schon, wo ich suchen muss … Bei Adrien zu Hause. Ich bin mir sicher, dass sie dort ist. Schließlich wollte sie ihn beeindrucken, oder?

»Ich schick dir jetzt sofort die Adresse«, erkläre ich Cat Noir. »Wir treffen uns dann dort.«

Cat Noir braucht keine Adresse! Er weiß schließlich ganz genau, wo er wohnt. Und so kommt er vor Ladybug an.

Nachdem er durchs Badezimmerfenster in die Wohnung geschlüpft ist, beschließt er, dass er sich besser wieder in Adrien zurückverwandelt. Aber sein Kwami ist dagegen…

»Was? Wäre es nicht besser, du bleibst Cat Noir?«, meckert Plagg.

Adrien läuft in sein Zimmer. Als Ladybug ihn angerufen hat, um ihn über Volpina ins Bild zu setzen, hat er sofort begriffen, dass es sich um Lila handelt.

»Wenn sie in mich verliebt ist, dann kann ich sie so am besten umstimmen!«, erklärt er zuversichtlich. »Ich bin sicher, dass sie auf mich hören wird.«

Reden funktioniert doch immer, oder? Plagg scheint aber nicht überzeugt zu sein.

»Glaubst du wirklich, dass du Volpina ohne deine Superkräfte und ohne meine Hilfe besiegen kannst?«, fragt er skeptisch.

Keine Zeit mehr für Diskussionen! Die Königin der Illusionen ist schon am Himmel zu sehen. Schnell versteckt sich Plagg unter Adriens Hemd, da steht Volpina schon im Zimmer.

»Wer bist du?«, fragt Adrien mit gespielter Überraschung.

»Erinnerst du dich an diese Kette?«, fragt sie und geht zu ihm, um ihm den Schmuck zu zeigen. »Ich wusste nicht, wie ich dir die Wahrheit sagen sollte, aber jetzt siehst du ja, dass ich keine Lügnerin bin. Ich bin wirklich eine Superheldin.«

Adrien muss nun sein ganzes schauspielerisches Talent einsetzen.

»Lila!«, ruft er mit geheuchelter Verblüffung.

»Du kannst mich ruhig Volpina nennen«, meint sie. »Tut mir leid wegen der Sache im Park. Ladybug ist eifersüchtig. Bestimmt, weil ich stärker und mächtiger bin als sie ...«

Zwickt mich mal, ich träume wohl! Glaubt sie wirklich an das, was sie da gerade gesagt hat? Sie ist ja nicht mal eine echte Superheldin!

Ich kauere draußen unter dem Fenster und lausche mit großen Augen, was unsere Mademoiselle-ich-lüge-wenn-ich-den-Mund-aufmache Adrien vorschwindelt. Ich werde ihr gleich zeigen, dass Ladybug keine Illusion ist!

Wo steckt bloß Cat Noir? Er sollte schon längst da sein. Ich versuche ihn anzurufen, aber ich erreiche ihn nicht. Jetzt kann ich nicht länger warten. Egal! Dann werde ich eben ohne ihn klarkommen. Ich lasse nicht zu, dass Volpina Adrien etwas antut. Niemals!

Ich platze ins Zimmer. Sofort regt sich Mademoiselle Superlügnerin theatralisch auf. Ich schwöre, auf einer Bühne wäre sie großartig.

»Siehst du, was ich meine?«, wendet sie sich an Adrien. »Ladybug ist eifersüchtig auf mich. Wegen dir. Wegen uns beiden!«

Dann baut sie sich drohend vor mir auf.

»Diesmal wirst du mir mein Date nicht ruinieren!«, faucht sie.

Also gut, wenn sie sich unbedingt mit mir anlegen will, das kann sie haben!

»Äh … Entschuldigung … Also eigentlich ist das hier gar kein Date«, wirft Adrien zaghaft ein.

»Aber natürlich hätte es eins werden können«, meint er beschwichtigend, als er sieht, wie Volpina angriffslustig ihre Flöte umklammert. »Kein Grund, sich aufzuregen!«

Er ist soo süß! Ich bitte ihn, mich mit der Superlügnerin allein zu lassen. Sie muss endlich lernen, nicht ständig die Illusion mit der Wirklichkeit zu verwechseln.

Adrien läuft ins Badezimmer. Sein Versuch, die Lage zu entschärfen, war ja eine Pleite. Ladybug wirkt richtig wütend. Wenn er ihr jetzt nicht unverzüglich zu Hilfe eilt, könnte dieses Duell noch ein böses Ende nehmen.

Plagg genießt natürlich seinen Triumph.

»Also, hatte ich jetzt recht oder hatte ich recht?«, fragt er auftrumpfend, während er aus Adriens Hemd schlüpft.

Nach einem resignierten Seufzer spricht Adrien die Worte, auf die sein Kwami wartet:

»Verwandle mich!«

Endlich! Warum hat er nicht früher auf ihn gehört, fragt sich Plagg.

Kurz darauf erscheint Cat Noir am Fenster. Keine Sekunde zu früh! Volpina jagt durchs Zimmer, um meinem Jo-Jo auszuweichen. Als sie Cat Noir sieht, zückt sie schnell ihre Flöte und spielt eine kleine Melodie. Ein schlechtes Zeichen … Auf einmal steht nicht nur eine Volpina vor uns, sondern eine ganze Armee!

Diesmal lasse ich mich nicht täuschen. Mit meinem Jo-Jo zerstöre ich im Handumdrehen das Trugbild. Aber ich kann meinen Sieg nicht wirklich genießen: Draußen vor dem Fenster sehe ich zwei Gestalten. Mein Herz setzt aus.

»Cat Noir!«, rufe ich. »Volpina hat Adrien!«

»Das ist auch nur eine Illusion!«, ruft mein Mitstreiter sofort.

Wie kann er so etwas behaupten? Er faselt etwas von seinem legendären sechsten Katzensinn, aber darauf will ich mich nicht verlassen. Schnell renne ich zum Badezimmer, um Gewissheit zu haben. Wenn es stimmt, was Cat Noir sagt, dann muss Adrien dort sein.

Doch da ist niemand! Ich hatte recht: Dieses Mal ist es keine Illusion. Volpina hat Adrien in ihren Krallen!

# 5

## Kampf auf dem Eiffelturm

Volpina hat sich nicht sehr weit verzogen. Sie ist auf den Eiffelturm geflogen und lässt von dort oben Adrien über dem Abgrund baumeln. Falls sie jetzt ihre Hand öffnet … Nein, das darf nicht passieren! So etwas will ich nicht einmal denken.

Sichtlich zufrieden lacht sie höhnisch auf. Das verdoppelt meinen Zorn.

»Und jetzt gebt mir eure Miraculous!«, verlangt sie.

»Ich dachte, du liebst ihn!«, antworte ich. Es bricht mir fast das Herz, als ich sehe, wie sie Adrien hin- und herschleudert.

»Aber nicht so sehr, wie ich mir wünsche, euch zu besiegen!«

Dann schaut sie wieder zu Adrien. Der Ärmste! Er wirkt so verängstigt.

»Du tust mir doch nichts, oder?«, fragt er jetzt auch noch bang.

»Du bluffst doch!«, ruft Cat Noir schnell. »Das ist nur eine deiner Illusionen.«

Um uns zu beweisen, dass es Wirklichkeit ist, löst Volpina einen Finger nach dem anderen von Adriens Handgelenk. Ich ertrage das nicht.

»Nein!«, schreie ich entsetzt auf.

Resigniert will ich meine Ohrringe abnehmen. Ich weiß, dass ich damit etwas Schreckliches anrichte … Wer weiß, wie Hawk Moth unsere Superkräfte nutzen wird? Aber ich muss Adrien retten. Und deswegen habe ich keine Wahl.

»Tu's nicht!«, versucht Cat Noir mich abzuhalten.

Als er sieht, dass ich nicht auf ihn höre, schleudert er seinen Kampfstab gegen die Superschurkin … die sich daraufhin in Luft auflöst. Ich fasse es nicht! Cat Noir und sein legendärer sechster Katzensinn lagen richtig. Das war wirklich nicht der echte Adrien.

Mir fällt ein Stein vom Herzen. Aber jetzt mach dich auf was gefasst, Volpina! Der Kampf ist eröffnet. Und glaube mir, das ist dann keine Illusion!

Schnell sind wir ganz oben auf dem Eiffelturm, wohin Volpina sich geflüchtet hat. Wie ich es erwartet habe, spielt sie wieder eine kleine Melodie auf der Flöte. Und schwups! stehen Dutzende Volpinas vor uns. Aber nicht mit mir! Allmählich habe ich genug von diesen billigen Tricks! Ich schleudere mein Jo-Jo in die Luft.

»Glücksbringer!«

Das ist meine Spezialkraft, meine letzte Rettung gegen Superschurken. Gleich darauf flattern Hunderte Schmetterlinge aus meinem Jo-Jo und verwandeln sich in einen magischen Gegenstand. Dummerweise muss ich immer erst herausfinden, wie ich ihn einsetzen kann, und das ist manchmal ganz schön knifflig!

Heute muss ich aber nur die Verpackung von diesem Schokoladeneis aufreißen, um zu wissen, was ich damit anfangen soll. .

Setz dir mal lieber eine Sonnenbrille auf,

Volpina! Gleich wird's hier so richtig blendend hell!

Während ich mein Eis in der Silberfolie in die Höhe halte und damit das Sonnenlicht reflektiere, beschwört Cat Noir seine Superkraft. Nach all den gemeinsamen Missionen kennen wir zwei uns gut. So gut, dass wir uns manchmal auch ohne Worte verstehen.

»Katerklysmus!«, ruft er.

Er schwingt seine Faust, die sich mit zerstörerischer Energie auflädt. Jetzt kann ihm nichts mehr standhalten. Anders als die Trugbilder wendet Volpina sich geblendet ab und wir wissen jetzt, wer die echte ist.

Cat Noir lässt ihr keine Zeit, zu reagieren, springt über sie und löst ein paar Eisenstangen aus dem Eiffelturm, die rund um die Superlügnerin herabstürzen und eine Art Käfig bilden.

»Der Fuchs sitzt in der Falle!«, jubele ich.

Jetzt muss ich mir nur noch ihre Kette schnappen und den Akuma befreien, der darin gefangen ist. Durch mein Zauber-Jo-Jo wird aus einem bösartigen Wesen ein wunderschöner unschuldiger Schmetterling.

Zeit für den letzten Schritt. Ich werfe das Zaubereis in die Luft und rufe: »Miraculous Ladybug!«

Das Eis verwandelt sich zurück in einen Schwarm Schmetterlinge, die sich über Paris verteilen und alle Schäden, die Volpina angerichtet hat, wieder in Ordnung bringen.

Nun verwandelt sich die Superlügnerin wieder in Lila zurück. Ich knie mich neben sie und lege ihr eine Hand auf die Schulter. Ich muss mich ja noch bei ihr entschuldigen.

»Mir tut das alles schrecklich leid«, sage ich kleinlaut. »Entschuldige bitte.«

»Vergiss es, du hattest ja recht ...«, beginnt

sie leise, aber dann wird sie wieder wütend und stößt meine Hand weg. »Wir zwei werden nie Freundinnen sein!«

Zornig schnappt sie sich ihre Kette und läuft weg. Anscheinend ist sie immer noch böse auf mich.

Aber darum kann ich mich jetzt nicht kümmern – es gibt ein viel wichtigeres Problem. Trotz der Proteste von Cat Noir will ich unbedingt zu Adrien nach Hause, um nachzusehen, ob es ihm auch gut geht. Und ich muss mich beeilen, denn bald verwandle ich mich in Marinette zurück.

Cat Noir hat versucht, Ladybug aufzuhalten, aber gegen ihre Entschlossenheit kommt er nicht an.

»Warum muss sie immer so sturköpfig sein!«, ärgert er sich. »Das ist so … so… unwiderstehlich!«

Er muss einfach verträumt lächeln. Ach, meine Ladybug!

Aber auch Adrien hat keine Zeit zu verlieren. Er erreicht sein Badezimmer gerade noch vor Ladybug.

Während sie suchend durch die Wohnung streift, läuft er schnell zur Dusche und dreht den Wasserhahn auf.

Ladybug hat gerade die Tür zum Badezimmer geöffnet, doch als sie das Wasserrauschen hört, schlägt sie die Tür gleich wieder verlegen zu.

Traurig legt sie den Kopf an die Tür und seufzt tief auf. Ohne zu wissen, dass auf der anderen Seite jemand genau das Gleiche tut. Beide sind ineinander verliebt und wissen es nicht einmal …

Wieder bei mir zu Hause, mache ich es mir auf der Terrasse bequem, um Adriens Buch zu untersuchen. Lila hatte es ja gestohlen und Tikki wollte es unbedingt haben, auch wenn mir nicht einleuchtet, warum.

»Ich weiß nicht, wie Adrien an dieses Buch über Superhelden kommt!«, sage ich zu meinem Kwami. »Aber wir dürfen es nicht behalten. Ich muss es ihm zurückgeben.«

Tikki denkt da sichtlich anders.

»Tut mir leid, Marinette, aber es enthält unschätzbar wertvolle Informationen!«

Unschätzbar wertvoll? Wieso das denn? In diesem alten Schmöker sind doch nur Bilder und merkwürdige Symbole. Aber Tikki meint, dass sie jemanden kennt, der schon sehr lange danach sucht und auch lesen kann, was da steht.

Ich dagegen kapiere überhaupt nichts.

»Steht denn da wirklich so etwas Besonderes drin?«, frage ich.

»Es enthält alles über die geheimnisvollen Kräfte der Miraculous!«, erklärt Tikki, während sie vor meiner Nase herumschwebt. »Es ist ein heiliges Buch. Aber es kann sehr gefährlich werden, wenn es in die falschen Hände gerät. Wir müssen es ihm unbedingt sofort bringen!«

»Von wem redest du bloß?« So langsam nervt mein Kwami mich. »Jetzt sag schon.«

»Wir müssen es dem Großen Hüter zurückgeben!«, flüstert sie ernst. »Ich glaube, es ist Zeit, dass du ihn kennenlernst, Marinette.«

Sie führt mich zu einer Wohnung, in der ich bereits einmal war. Damals war Tikki krank, und ich hatte den Mann, der dort lebt, für einen Heiler gehalten.

Als er die Tür aufmacht und mich als Ladybug begrüßt, frage ich mich, welche anderen Überraschungen dort wohl noch auf mich warten werden …

ENDE

**Großer Auftritt für Ladybug**

Aus dem Französischen von Barbara Neeb
und Katharina Schmidt

# 1

## Panik hoch drei

Ich habe einen Traum – natürlich neben dem, Adriens große Liebe zu sein. Später möchte ich einmal Modedesignerin werden. Ich liebe es, Modezeichnungen anzufertigen, Kleider und Accessoires zu entwerfen. Schon als kleines Mädchen habe ich meine Puppen nach meinen Ideen neu eingekleidet. Gut, die Kreationen waren nicht immer wunderschön. Ich habe oft mit Büroklammern, Paketschnur und Alufolie gearbeitet, aber ich habe seitdem Fortschritte gemacht.

Was für ein Glück! Und ich besitze – *tadaa!* – eine Nähmaschine!

Eines Tages werde ich vielleicht berühmt sein, wer weiß? So in der Art wie Monsieur Agreste, bloß netter. Aber eigentlich ist das gar nicht das Wichtigste. Nein. Was zählt, ist vor allem, dass man einen Beruf hat, den man *liebt*.

Außerdem hat Berühmtsein auch viele Nachteile. Man wird auf Schritt und Tritt verfolgt und manchmal in komplett peinlichen Situationen fotografiert. Und da ich ja so tollpatschig bin, würde mir das ständig passieren.

Hilfe!

Heute Nachmittag bin ich damit beschäftigt, eine kleine Handtasche nach meinen Entwürfen zu nähen. Sobald mir eine neue Idee in den Kopf kommt, kann ich nicht widerstehen. Ich muss mich sofort an die Arbeit machen!

Im Hintergrund läuft der Fernseher und ich höre mit halbem Ohr zu.

»In unserer ersten Ausgabe von *Face-to-Face* haben Sie heute Abend exklusiv und live die Gelegenheit, Ladybug und Cat Noir Ihre Fragen zu stellen«, erklärt die Moderatorin Nadja Chamack. »Ich verspreche Ihnen unglaubliche Erkenntnisse, alle Geheimnisse Ihrer Lieblingssuperhelden werden endlich gelüftet! Sie wollen alles über die beiden erfahren? Ich habe brandheiße Infos für Sie!«

Tikki fliegt zu mir.

»Kannst du dir das vorstellen?«, frage ich sie aufgeregt. »Eine einstündige Sendung über Cat Noir und mich. Ich kann es kaum glauben!«

Ich flippe fast aus vor Freude! Okay, ich habe vorhin gesagt, dass es nicht so wichtig

ist, berühmt zu sein. Aber es ist trotzdem fantastisch, im Fernsehen aufzutreten, vor allem als Ladybug.

»Marinette, du bist eine Superheldin, kein Fernsehstar«, ruft meine Freundin Tikki bestürzt. »Über dich muss so viel wie möglich geheim bleiben. Nur das schützt dich vor Hawk Moth und seinen Superschurken.«

Sie wirkt richtig besorgt. Ich hebe sie vorsichtig auf meinen Handflächen hoch. Sie ist so leicht, dass ich sie kaum spüre.

»Mach dir keine Sorgen, Tikki«, beruhige ich sie. »Ich habe aus einem bestimmten Grund zugesagt, im Fernsehen aufzutreten: damit die Einwohner von Paris wissen, dass

Cat Noir und ich immer alles tun werden, um sie zu beschützen.«

»Na gut«, meint sie, »aber pass heute Abend gut auf dich auf.«

Was?

»*Heute Abend?*«, schrecke ich auf. »Wieso *heute Abend!?*«

Tikki muss sich irren. Um mich zu vergewissern, greife ich zu meinem Handy und checke meinen Terminkalender.

»Nein, heute Abend muss ich babysitten«, erkläre ich. »Die Sendung ist morgen.«

In dem Moment erscheinen die Köpfe von Cat Noir und mir in Großaufnahme auf dem Fernseher. Und dazu erklärt Nadja Chamack:

»Heute Abend *Face-to-Face* live mit Ladybug und Cat Noir!«

Habe ich da gerade richtig gehört? Nein, ich bin nicht entsetzt. Oh nein, es ist viel SCHLIMMER! In absoluter RIESENPANIK starre ich erst auf mein Handy, dann auf den Fernseher. Marinette hat versprochen, auf die kleine Manon aufzupassen, und Ladybug soll in einer Fernsehsendung auftreten. Das heißt: Ich muss an zwei Orten gleichzeitig sein! Wie soll ich das nur hinkriegen? Klar bin ich eine Superheldin, aber trotzdem gibt es irgendwo Grenzen. Ich habe nicht die Superkraft, mich zu verdoppeln – obwohl das natürlich manchmal echt praktisch wäre!

»Das erklärt natürlich, warum du heute Abend babysitten musst!«, meint Tikki triumphierend.

Natürlich! Manon ist Nadja Chamacks Tochter. Ich passe oft auf sie auf. Sie ist total süß und ein richtiger Wirbelwind.

Schon höre ich einen Juchzer und gleich darauf stürmt Manon in mein Zimmer und hüpft in meine Arme.

»Marinette!«, ruft sie freudestrahlend.

Ihre Mutter ist direkt hinter ihr.

»Äh, Madame Chamack«, sage ich. »Ich habe gerade die Ankündigung für heute Abend gesehen.«

»Ja, ich bin schon spät dran«, antwortet sie sichtlich nervös. »Vielen Dank noch mal, dass du auf Manon aufpasst.«

Dann übergibt sie mir noch einen Rucksack, der fast eine Tonne wiegt.

»Ich habe ein paar Sachen eingepackt. Manon hat schon gegessen. Das passt wirklich prima, dass du heute Abend Zeit hast.«

»Äh, ja, hm … was für ein Glück!«, stottere ich, während Manon mich am Arm zerrt. »Ich habe ja nichts anderes vor. Nichts, absolut gar nichts!«

Was für eine faustdicke Lüge! Aber na ja, was soll ich sonst sagen? »Äh, tut mir leid, Madame Chamack, ich kann heute Abend nicht auf Manon aufpassen. Denn wissen Sie, also Ladybug, das bin ich!«

Hmmm.

»Ich muss jetzt wirklich los«, sagt Nadja Chamack. »Meine Karriere hängt von diesem Interview ab. Ich hoffe, ganz Paris sieht sich meine Sendung an.«

Sie wendet sich ihrer kleinen Tochter zu.

»Mein Schatz, heute Abend darfst du ausnahmsweise etwas mit Marinette fernsehen.«

Manon stößt einen Freudenschrei aus – ohrenbetäubend! – und dann klettert sie auf meine Schultern. So süß!

»Es wird bestimmt alles super laufen«, versichere ich Madame Chamack. »Hundertprozentig. Zwei Zuschauerinnen haben Sie schon sicher: Manon und mich!«

»Vielen Dank, Marinette«, sagt sie bereits im Gehen. »Und sag all deinen Freunden, dass sie einschalten sollen.«

»Versprochen! Viel Glück!«

Viel Glück kann ich selbst auch gut gebrauchen! Dieses Interview scheint für Madame Chamack sehr wichtig zu sein. Ladybug muss also unbedingt erscheinen … Ich kann auf keinen Fall absagen. Was soll ich bloß tun? Seht ihr, wie schwierig es ist, eine Superheldin zu sein und gleichzeitig eine ganz normale Schülerin? Man muss zwei Terminpläne koordinieren. Dabei kriege ich schon einen kaum auf die Reihe …

In solchen Ausnahmesituationen wähle ich eine Notfallnummer. Aber nicht die von der Feuerwehr. Ich rufe meine beste Freundin Alya an.

Hoffentlich hat sie Zeit! Sie ist meine letzte Hoffnung, wie ich aus diesem Schlamassel wieder rauskomme.

Meine einzige Chance …

Die Sendung heute Abend ist eine Riesengelegenheit für Nadja Chamack! Wenn die Zuschauerquote tatsächlich so hoch wird, wie sie hofft, macht sie das zum Fernsehstar! Sie hat hart gearbeitet, um das zu erreichen, aber heute wird vielleicht ihr Traum wahr! Auf der Bühne wuseln noch die Techniker um sie herum. Alles ist vorbereitet für den Auftritt der beiden Superhelden: Es gibt eine Auswahl an kalten Getränken und knusprigem Kleingebäck – und natürlich eine Liste mit knackigen Fragen!

Als Nadja schnell einen Windbeutel hinunterschlingt, hört sie eine Stimme in ihrem Ohrstöpsel.

»Wir sind in zehn Minuten auf Sendung«, erinnert sie Arlette, die Programmdirektorin, »und immer noch kein Superheld zu sehen. Bist du sicher, dass du alles im Griff hast?«

»Ja«, erwidert Nadja und schaut hoch zur

Regie. »Alles unter Kontrolle, wie versprochen. Wir werden sämtliche Rekorde brechen.«

»Das solltest du auch, wenn du weiter deine Sendung zur besten Sendezeit am Abend machen willst«, droht ihr die Chefin.

Das nennt man wohl *jemanden gehörig unter Druck setzen*. Nadja starrt auf das Sofa für die Gäste, das immer noch leer ist. Was, wenn Cat Noir und Ladybug es sich doch anders überlegt haben …? Die Moderatorin wagt nicht einmal, daran zu denken. Während sie noch einmal ihr Tablet checkt, hört sie ein Geräusch. Cat Noir ist wie aus dem Nichts aufgetaucht! Er hat es sich auf dem Sofa bequem gemacht und schwingt lässig seinen Schweif wie ein Lasso.

Sie haben einen Promi bestellt? Cat Noir ist zur Stelle!

»Wie … bist du hier reingekommen?«, fragt Nadja baff.

»Promigeheimnis!«, prahlt der Superheld und schnappt sich eine Limonade. »Wie ich sehe, ist meine Lady noch nicht da?«

Adrien-Cat Noir hat für dieses Interview vor allem zugesagt, um etwas Zeit mit seiner angebeteten Ladybug zu verbringen. Die Chance, sich außerhalb einer Mission mit ihr zu unterhalten, lässt er sich natürlich nicht entgehen!

»Ich dachte, dass ihr zusammen kommt«, erwidert die Moderatorin.

Cat Noir beugt sich ganz nah zu ihr vor und lächelt breit.

»Wollen Sie ein Geheimnis erfahren?«, fragt er, während sie wie erstarrt dasitzt.

»Ich liebe Windbeutel!«

Dieses kleine Eingeständnis bringt die Moderatorin zum Lächeln. Aber nicht lange. Denn schon nervt Arlette in ihrem Ohrstöpsel.

»War das etwa die exklusive Neuigkeit, die du uns versprochen hast? Du kennst die Regeln, Nadja! Erstklassige News, erstklassige Sendezeit! Keine Infos, keine Sendung mehr!«

Und das fünf Minuten, bevor es live auf Sendung geht!

Wo ist bloß Ladybug?

# 2

## Vielen Dank, Alya!

Fünf Minuten! Die Sendung von Madame Chamack beginnt in fünf Minuten!

Zum Glück ist Alya mir zu Hilfe gekommen. Jetzt haben Alya und Manon es sich vor dem Fernseher gemütlich gemacht und sie spielen zusammen. Meine beste Freundin kann wirklich toll mit Kindern umgehen. Ich habe ihr leider immer noch nicht gesagt, dass ich gleich verschwinden muss …

»Achtung, hier kommt Super-Manon!«, ruft Alya und lässt die Kleine mit ausgestreckten Armen über ihrem Kopf fliegen.

»Bis zum Eiffelturm und noch weiter!«, jubelt Manon lachend.

Sie sind so süß, die beiden! Ich lege ihnen noch Kissen hin, damit sie es bequem haben. Eigentlich habe ich mich noch nicht entschieden. Werde ich mich wirklich trauen, einfach zu verschwinden?

»Das ist supernett von dir, Alya, dass du gekommen bist!«, sage ich.

»Machst du Witze?«, erwidert sie. »Ein Interview mit meiner absoluten Lieblingsheldin! Das schaut man doch am besten gemeinsam mit seinen besten Freundinnen an.«

Ups. Auf einmal fühle ich mich total schlecht. Und habe ein schlechtes Gewissen. Soll ich die Sendung sausen lassen? Vielleicht ist es ja doch nicht so wichtig …

Ich kann trotzdem Superheldin sein und mit ganzem Einsatz Paris retten.

In diesem Augenblick verkündet ein Sprecher im Fernsehen:

»Gleich erleben Sie Nadja Chamack in einem Exklusivinterview mit Ladybug und Cat Noir!«

Bilder werden gezeigt, von uns und dann von der Moderatorin. Manon schreit währenddessen: »Maman, da ist Maman!« Sie zeigt dabei begeistert auf den Bildschirm, doch Alya verzieht schmollend das Gesicht.

»Und ich, wieso kann ich nicht so ein Exklusivinterview für meinen Lady-Blog kriegen?«, beklagt sie sich.

Ich bin drauf und dran, die Sendung abzusagen, aber dann denke ich an das, was Madame Chamack mir vor ein paar Minuten gesagt hat. Sie wirkte so glücklich darüber, dieses Interview mit mir, also mit Ladybug, zu machen.

Ich kann sie nicht im Stich lassen. Das wäre zu schrecklich für sie. Und könnte glatt ihre Karriere ruinieren!

»Äh, also, ich muss mit meinen Eltern mal kurz was besprechen«, sage ich als Ausrede und verschwinde zur Treppe. »Sie sind … äh, unten in der Bäckerei. Alya, kannst du bitte auf Manon aufpassen, während ich weg bin?«

»Du bist weg?«, wundert Alya sich. »Also ich dachte, du bist nur kurz unten, um etwas mit deinen Eltern zu besprechen, oder?«

»Äh, ja klar. Nur manchmal kann das etwas länger dauern, weil sie nicht immer verstehen, was ich von ihnen will. Nicht ihr Fehler, du weißt schon. Nur …«

Alya unterbricht mich.

»Marinette«, sagt sie ganz sanft und ruft dann lauter: »Ab mit dir!«

Umso besser. Mir gingen gerade die Erklärungen aus.

Blitzschnell bin ich weg … Aber ich habe ein ziemlich schlechtes Gewissen, dass ich sie einfach so zurücklasse. Alya ist so eine tolle Freundin. Sie ist immer da, wenn ich sie brauche. Und was mache ich? Ich verschwinde bei der ersten Gelegenheit! Andererseits ist meine Freundin auch Ladybugs größter Fan. Ihr Blog ist der beste Beweis dafür! Sie wäre also schrecklich enttäuscht, wenn ihre Lieblingssuperheldin nicht in der Sendung erscheinen würde, oder?

Verflixt, was für eine schwierige Entscheidung!

Also gut, jetzt ist es entschieden: Ich gehe ins Fernsehen!

Ich hoffe bloß, dass Alya mir das verzeihen wird …

Flugs habe ich mich in Ladybug verwandelt und schwinge mich von Dach zu Dach. In meinem Kopf höre ich sozusagen den Rückwärtscountdown laufen. 10 … 9 … 8 … Nur noch wenige Sekunden bis zum Beginn der Sendung!

Als ich beim Hochhaus des Senders eintreffe, stoße ich die Tür mit einem gewaltigen Fußtritt auf, wickle mein Jo-Jo um einen Scheinwerferträger der Kulisse und lande mit einer eleganten Drehung auf der Bühne.

Gut, danach komme ich aus dem Gleichgewicht, aber was soll's? Ich lande trotzdem auf dem Sofa. Und das Wichtigste ist doch, dass ich jetzt hier bin, stimmt's? Cat Noir sitzt neben mir und er wirkt total entspannt. Das wundert mich nicht bei ihm! Aber ich geb's zu, irgendwie bin ich doch sehr froh, dass ich ihn an meiner Seite habe.

»Ich habe schon geglaubt, du würdest mich versetzen, Mylady«, meint er.

»Meine Fans wären sicher enttäuscht gewesen, wenn sie nur ein Kätzchen zu sehen bekommen hätten«, necke ich ihn, ehe ich mich Nadja zuwende. »Entschuldigen Sie die Verspätung.«

Ich kann nicht mal richtig durchschnaufen, da fängt die Sendung auch schon an! Großer Auftritt für Ladybug und Cat Noir! Nadja spricht nun direkt in die Kamera.

»Guten Abend! Ich bin Nadja Chamack und Sie sehen **Face-to-Face.** In meiner ersten Sendung begrüße ich die Beschützer von Paris: Ladybug und Cat Noir.«

Sie dreht sich zu uns.

»Vielen Dank, dass ihr euch zu diesem Liveinterview bereit erklärt habt.«

»Vielen Dank an Sie, Nadja, wir freuen uns sehr, heute hier sein zu dürfen«, sage ich lächelnd.

Cat Noir schickt mit seinen Fingerspitzen einen kleinen Luftkuss in die Kamera. Himmel, muss er denn immer so angeben?

»Und Hallo an all meine Fans«, fügt er mit charmantem Augenzwinkern hinzu.

»Ich bin sicher, dass davon Tausende vor den Bildschirmen sitzen«, versichert Madame Chamack.

Das darf man ihm doch nicht sagen! Jetzt wird mein Mitstreiter nie mehr aufhören, sich aufzublasen! Das beweist, dass sie ihn nicht kennt. Zumindest nicht so gut wie ich!

»Ermutigen Sie ihn nicht noch«, schreite ich ein, »sonst hört das Kätzchen den ganzen Abend gar nicht mehr auf zu schnurren.«

»Hören Sie nicht auf sie«, sagt nun Cat Noir mit seinem strahlendsten Lächeln. »Pünktchen ist wohl ein bisschen neidisch!«

Ich lasse sein Glöckchen klingeln und er schnurrt vor Vergnügen. Ach, eigentlich verstehen wir beiden uns richtig gut. Ja, total! Inzwischen habe ich mich an seine Angebereien gewöhnt und ich scherze ja auch gern mit ihm. Wir haben schon so manches Abenteuer zusammen erlebt. Das verbindet notgedrungen!

»Hm, hatten wir nicht vereinbart, dass du mich nie wieder Pünktchen nennst, Mietzekatze?«

»Ach, ist sie nicht süß?«, schnurrt er vergnügt.

Für einen kurzen Moment habe ich beinahe die Kameras vergessen. Aber sie sind immer noch ständig auf uns gerichtet! Nadja schaut kurz auf ihr Armband – irgendein elektronisches Gerät –, ehe sie sanft lächelt.

»Haha, was für ein eingeschworenes Team!«, meint sie mit einem Lachen. »Man sieht, dass ihr euch wirklich sehr nahesteht. Die Leute kennen euch zwar, aber eigentlich auch nicht. Wir wissen, dass ihr Paris rettet, aber sonst weiß man fast nichts über euch.«

»Na, dann ist heute Ihr Glückstag«, erwidert Cat Noir. »Sie können uns fragen, was Sie wollen.«

Wie bitte? Hat er ein bisschen zu tief ins Milchglas geschaut? Obwohl, nein, ich weiß schon: Ihm ist der Ruhm zu Kopf gestiegen. Wie auch immer, ich muss ihn auf jeden Fall etwas bremsen, und zwar schnell!

»Also im Rahmen unserer Möglichkeiten«, stelle ich schnell klar. »Unsere Identität muss auf jeden Fall geheim bleiben.«

»Selbstverständlich«, verspricht mir Nadja, ehe sie auf den Bildschirm schaut, der direkt hinter uns steht. »Ich werde mit ein paar Fragen von euren Fans beginnen ...«

Uff, da fällt mir aber ein Stein vom Herzen! Solange man uns nicht fragt, wer wir in Wirklichkeit sind, sollte es doch keine Probleme geben, oder?

# 3

## Ein Paar?

Als Chloés Gesicht riesengroß auf dem Megabildschirm erscheint, kippe ich fast hintenüber. Und ich befürchte das Schlimmste. Bei ihr muss man mit allem rechnen!

»Guten Abend, liebe Zuschauerin«, begrüßt Madame Chamack sie. »Nennen Sie doch bitte Ihren Namen und stellen Sie Ihre Frage.«

»Im Ernst, Nadja?«, fragt Chloé auf ihre übliche arrogante Art. »Wer sollte denn sonst die erste Anruferin sein! Ich bin schließlich Ladybugs berühmtester Fan.«

Madame Chamack schlägt sich die Hand vor die Stirn.

»Ja, natürlich, das ist doch klar! Guten Abend, Chloé Bourgeois, Tochter unseres Bürgermeisters.«

»Und vergessen Sie nicht, mein Papilein

ist auch der Direktor des Grand Paris, des besten Luxushotels der ganzen Stadt.«

Das sieht ihr ähnlich! Sie nutzt die Sendung für Eigenwerbung. Sogar Nadja scheint das peinlich zu sein.

»Vielen Dank für diese Erinnerung«, meint sie. »Wie lautet deine Frage, Chloé?«

»Ach, ich wollte gar nichts fragen«, antwortet Chloé. »Ich wollte bloß Hallo sagen. Wie Sie wissen, gehöre ich zu den engsten Freunden von Ladybug und Cat Noir.«

Was erzählt sie denn da für einen Quatsch? Ich soll ihre engste Freundin sein? Eher sterbe ich! Zum Glück wechselt Nadja nun zum nächsten Fan …

Alya! Mein Herz macht einen Satz. Das erinnert mich

auch daran, dass ich sie mit Manon allein gelassen habe. Was bin ich bloß für eine schreckliche Freundin!

Ich habe so ein schlechtes Gewissen.

»Hallo Ladybug und Cat Noir«, beginnt Alya. »Würdet ihr mir ein Interview für meinen Lady-Blog geben? Das wäre cool, denn ich habe mehr Zuschauer als Nadja.«

Ups. Madame Chamack verzieht das Gesicht – daran erinnert zu werden, hat ihr überhaupt nicht gefallen.

»Äh, ja«, antworte ich. »Du kriegst dein Interview, Alya!«

»Das ist ja irre!«, ruft Alya überglücklich. »Vielen Dank!«

Nach allem, was sie für mich tut, bin ich ihr das wohl schuldig, oder?

Plötzlich taucht das Gesicht der kleinen Manon neben ihr auf.

»Maman!«, ruft sie.

Madame Chamack ist überrascht, dass ich nicht auch noch ins Bild komme, aber Alya erklärt ihr, dass ich kurz etwas mit meinen Eltern besprechen müsste. Oh Gott, ist mir das peinlich!

»Also, Ladybug, Cat Noir«, sagte die Journalistin, nachdem sie den Bildschirm ausgeschaltet hat, »viele Leute denken ja, dass ihr als Superhelden ein tolles Paar seid. Aber auch, ich zitiere: ›ein richtiges Paar‹.«

Ein … WAS? Ich traue meinen Ohren nicht. Ich bin so verblüfft, dass es mir die Sprache verschlagen hat. Spinnt Madame Chamack jetzt total?

»Bestätigt ihr uns, dass das den Tatsachen entspricht?«

Ach, hat sie uns etwa deswegen eingeladen? Und ich hatte geglaubt, dass sie mit uns über unsere Arbeit als Superhelden sprechen wollte! Wie kommt sie nur auf diese abgefahrene Idee? Ich, verliebt in Cat Noir, das ist … ach egal!

Okay, je besser ich ihn kenne, desto mehr schätze ich ihn. Manchmal muss ich sogar lachen, wenn ich an ihn denke … Ach Quatsch, was rede ich da bloß? In mein Herz ist nur ein Name mit Großbuchstaben eingraviert: ADRIEN!

»Es tut mir wirklich leid, Nadja«, sage ich empört. »Aber wir sind Superhelden. Wir sind nicht hier, um auf persönliche Fragen zu antworten.«

»Miau«, mischt sich nun Cat Noir ein. »Mylady fährt ihre Krallen aus.«

Schon verrückt, der Superkater bringt mich doch immer wieder zum Grinsen – selbst wenn ich so sauer bin wie gerade.

»Wir sind hier, um den Einwohnern von Paris zu versichern, dass sie keine Angst haben müssen«, erkläre ich etwas ruhiger. »Und dass es nur eine Frage der Zeit ist, bis wir Hawk Moth besiegt haben. Das ist alles.«

Ich hoffe, dass die Botschaft angekommen ist. Madame Chamack schaltet den Megabildschirm hinter uns wieder an.

»Also gut«, meint sie. »Aber wie erklärt ihr euch dann das hier?«

Sie zeigt uns ein Foto, auf dem man sieht, wie ich Cat Noir umarme und küsse – aber das war doch nur, um ihm zu helfen!

Dark Cupid hatte ihn verwandelt und ich musste ihn retten. Ich konnte doch nicht einfach tatenlos zusehen! Und da habe ich vielleicht – ganz leicht! – meine Lippen auf seine gedrückt. Also damit lockt man doch keinen Kater hinterm Ofen hervor!

Cat Noir starrt allerdings gebannt auf dieses Bild. Na klar, er erinnert sich an nichts. Am liebsten hätte ich diesen kleinen Kuss gerne weiter unter Verschluss gehalten. Ich möchte auf keinen Fall, dass mein Mitstreiter noch auf irgendwelche dummen Gedanken kommt.

»Was?«, ruft er erstaunt. »Wann ist das denn gewesen?«

Nach einem weiteren prüfenden Blick auf ihr Armband zeigt Nadja weitere Bilder: Ich, wie ich Cat Noir fest umklammere, während wir über dem Abgrund balancieren – aber das musste doch sein, sonst wären wir in die Tiefe gestürzt! Schon wieder ich, wie ich ihn unter dem Kinn kraule, während wir Animan verfolgen. Er und ich übereinander auf dem Boden liegend – na ja, es kommt öfter vor, dass wir bei einer Mission mal zu Boden gehen oder dass wir in seltsamen Positionen übereinanderlanden.

Wenn man die Bilder so aneinanderreiht, könnte man sie natürlich für Szenen aus einer romantischen Komödie halten.

Aber das sagt doch gar nichts! Alle diese Bilder wurden völlig aus dem Zusammenhang gerissen!

»Es ist deutlich zu sehen, dass ihr ineinander verliebt seid«, kommentiert Madame Chamack im Brustton der Überzeugung.

Irgendwann reicht es! Wütend springe ich auf.

»Wir machen doch bloß unsere Arbeit!«, rufe ich bestimmt. »Wir retten jeden Tag gemeinsam Paris. Wir sind kein Liebespaar!«

»Aber eines Tages hoffentlich schon …«, muss Cat Noir seinen Senf dazugeben.

Ach, dieser Kerl, ich könnte ihn umbringen! Nadja steht ebenfalls auf.

»Warum weigerst du dich, es zuzugeben?«, beharrt sie.

»Aber es gibt nichts zuzugeben!«, werde ich laut.

»Eure Fans werden sehr enttäuscht sein, wenn sie keine Antwort erhalten«, behauptet die Journalistin.

Okay, das reicht jetzt! Da sie nicht lockerlässt bei dieser Frage, sehe ich nur einen

Ausweg: Ich muss diese Sendung beenden. Tikki hatte recht. Der Fernsehauftritt war eine ganz schlechte Idee.

»Dieses Interview ist hiermit vorbei«, verkünde ich.

Und ich täusche einen Superschurken-Notfall vor, um Cat Noir hinter mir herzuziehen. Einfach nur runter von der Bühne …

Ladybug ist nicht die Einzige, die wütend ist. Arlette tobt ebenfalls. Nadja Chamack kann ihre Primetime-Sendung vergessen.

Zunächst sind die Zuschauerzahlen auf ihrem Armband nach oben geschnellt, als die Fotos der beiden Superhelden gezeigt wurden. Doch nach ihrem Abgang sind die Quoten ins Bodenlose gefallen.

Die Sendung ist zu einer kompletten Katastrophe geworden! Das war vielleicht der größte Flop in der Fernsehgeschichte.

Auf der Bühne gehen die Lichter aus, die Moderatorin bleibt in Tränen aufgelöst allein zurück.

All die Arbeit, all die Mühen, so viele enttäuschte Hoffnungen!

In seinem Geheimversteck erkennt Hawk Moth, dass er gerade eine neue Beute gefunden hat. Eine Journalistin, die von seinen beiden Erzfeinden blamiert wurde. Kann er sich ein besseres Opfer wünschen? Schnell schickt er einen dunklen Schmetterling los.

»Flieg los, mein kleiner Akuma, und verwandle sie!«

Sobald der Schmetterling in Nadjas Armband geschlüpft ist, kann Hawk Moth mit ihr per Telepathie kommunizieren.

»Ich weiß, dass Ladybug und Cat Noir sich weigern, deine Fragen zu beantworten«, erklärt er ihr. »Nimm ihnen ihre Miraculous ab, dann hast du deine Sensation.«

Das ist ein Pakt, dem Nadja nicht widerstehen kann. Bühne frei für Prime Queen, eine Superheldin, die zu allem bereit ist, nur um die besten Zuschauerquoten zu erhalten!

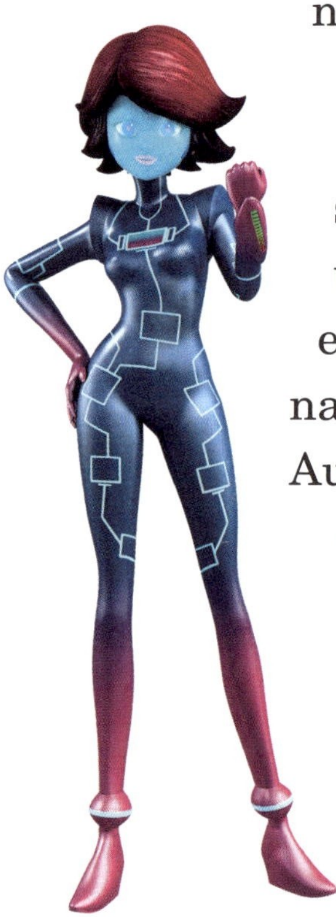

Mit einem verpixelten Gesicht, einer Roboterstimme und einem Lachen, dass es einem eiskalt den Rücken hinabläuft, geht sie ihren Weg. Aufgepasst, Prime Queen wird die Bildschirme erobern!

Ob ihr wollt oder nicht!

# 4

## Die Métro des Grauens

Cat Noir folgt mir aufs Dach des Senderhochhauses. Schließlich ist er überzeugt, dass wir einen Superschurken besiegen müssen. Ich lüge ja nicht gerne, aber das war die einzige Möglichkeit, Mister Superstar von der Bühne zu holen.

»Also, wen müssen wir diesmal retten?«, fragt er mich.

»Uns beide!«, erkläre ich. »Nadja hätte alles getan, nur damit die Leute ihre Sendung ansehen. Ich hatte genug von ihren lächerlichen Fragen!«

»Das ist der Preis des Erfolgs, Mylady«, meint er. »So ist das eben als Star!«

Ich glaube, hier muss ich dringend etwas zurechtrücken!

»Wir sind Superhelden«, erinnere ich ihn mit Wut in der Stimme. »Keine Stars. Wir sollten lieber unserer Arbeit nachkommen, anstatt uns im Fernsehen zu Vollidioten zu machen.«

Ich bin wirklich sehr wütend. Wütend auf Nadja Chamack. Und auch auf mich. Dabei hatte ich mich so auf die Sendung gefreut! Blitzschnell schleudere ich mein Jo-Jo und schwinge mich heimwärts. Ich möchte diesen Abend, dieses Interview, einfach alles so schnell wie möglich vergessen!

Cat Noir ruft mir hinterher, ich solle auf ihn warten.

»Ich wollte eigentlich nicht so früh nach Hause«, schreit er, während er versucht, mich einzuholen. »Warum nutzen wir nicht die Gelegenheit? Gehen wir ein Eis essen?«

Ach, wenn diese Worte doch aus Adriens Mund kämen! Das würde alles ändern.

Als Cat Noir und ich über ein Dach springen, erscheint plötzlich ein Gesicht auf einer Werbebildschirmwand. Diese Superschurkin erinnert mich an einen Roboter. Oder an ein Wesen aus einem Science-Fiction-Film. Auch ihre Stimme klingt ganz so.

»Herzlich willkommen in Ihrer neuen Sendung, präsentiert von mir, der Prime Queen«, tönt sie blechern. »Sie wollen die neuesten News, ich habe alles, was Sie brauchen. Hahahaha!«

Cat Noir und ich stoppen entsetzt.

»Nadja!«, rufen wir im Chor. Und uns wird schlagartig klar:

Hawk Moth hat sie akumisiert!

»Vorhin haben Ladybug und Cat Noir ihre treuen Fans enttäuscht. Sie haben sich geweigert zuzugeben, dass sie ein Paar sind«, fährt sie fort.

Mit einem Kabel in der Hand nähert sie sich dem Megabildschirm an der Wand hinter ihr. Dort sieht man nun wieder Chloés Wohnzimmer.

»Schauen wir mal, wozu sie bereit sind, nur um die Wahrheit vor uns zu verheimlichen!«, erklärt Prime Queen. Und es klingt wie eine Drohung.

Das ist doch nicht möglich! Sie ist einfach durch den Bildschirm geglitten, steht nun direkt vor Chloé! Und fesselt sie mit ihrem Kabel!

»Heißen wir unseren ersten Gast willkommen«, sagt die Superschurkin. »Chloé Bourgeois, die von sich behauptet, eine enge Freundin von unseren Superhelden zu sein. Dann prüfen wir doch gleich mal nach, ob du dich wirklich auf sie verlassen kannst.«

Wieder wechselt sie von Bildschirm zu Bildschirm. Diesmal schleppt sie Chloé hinter sich her, in einen Zug der Métro. Die Fahrgäste trauen ihren Augen nicht, als sie Prime Queen aus einem der Werbedisplays steigen sehen … Und verlassen vorsichtshalber beim nächsten Halt fluchtartig den Waggon!

Alle, sogar der Fahrer.

Die Superschurkin setzt sich auf seinen Platz und legt den Fahrschalter um, mit dem man beschleunigt. Schreckensstarr verfolgen Cat Noir und ich ihre Katastrophensendung vor dem Bildschirm mit!

»Liebe Zuschauerinnen und Zuschauer«, verkündet Prime Queen, während der Zug immer schneller wird. »Herzlich willkommen in der Métro des Grauens! Sobald sie auf hundert Stundenkilometer beschleunigt hat, könnt ihr eurer lieben kleinen Freundin Auf Wiedersehen sagen!«

Erst blendet sie die Geschwindigkeitsanzeige ein, dann zeigt sie uns ihr Armband. Darauf scheinen einige Leuchtbalken etwas anzuzeigen. Aber was bloß?

»Interessant«, erklärt sie. »Bleiben Sie dran, wir werden den Zuschauerrekord brechen! Immer mehr Menschen fragen sich, ob unsere zwei Superhelden rechtzeitig auftauchen werden. Die Spannung bringt einen glatt um! Hahaha! Ladybug, Cat Noir, wagt ihr die Reise durch den Bildschirm zu mir, um eure liebe kleine Chloé zu retten?«

Die Métro wird noch schneller. Auch wenn ich Chloé jetzt nicht unbedingt in mein Herz geschlossen habe und sie mich in der Schule oft nervt, kann ich sie doch nicht in den Klauen von Prime Queen lassen!

Ich bin immer noch eine Superheldin! Es ist mein Job, Menschen zu retten – auch solche Zicken wie Chloé. Der schnellste Weg

zu ihr ist der, den Prime Queen genommen hat – also einfach durch den Bildschirm vor uns.

Cat Noir testet das kurz mit seinem Stab. Dann klappt er ihn wieder ein und verbeugt sich vor mir.

»Bereit, den Bildschirm zu erobern, Mylady?«

»Ich würde es lieber auf meine Art machen«, erkläre ich. »Das ist vielleicht eine Falle.«

»Es gibt mehr als zehn Métrolinien in Paris«, wendet er ein. »Das macht knapp zweihundertdreißig Kilometer Schienennetz. Wenn wir rechtzeitig da sein wollen, um Chloé zu retten, bleibt uns keine Wahl.«

»Gib doch einfach zu, dass du gern im Fernsehen auftauchen willst«, erwidere ich.

»Schon kapiert«, grinst er, »du hast Lampenfieber, Pünktchen.«

Schluss mit den Albernheiten! Wir rennen

auf den Bildschirm zu … und landen in der Métro des Grauens. Chloé begrüßt uns sogleich auf ihre übliche charmante Art.

»Na endlich!«, ruft sie genervt, sie ist umwickelt wie eine Kabeltrommel. »Ihr habt euch ja reichlich Zeit gelassen! Na los, rettet mich endlich aus diesem unterirdischen Albtraum!«

Also Chloé hat doch immer was zu meckern! Da klettert plötzlich Prime Queen aus einem Werbedisplay und baut sich vor uns auf.

»Hahaha, ihr werdet die Stars im größten Quotenhit der Fernsehgeschichte!«

Wieder zeigt sie uns ihr Armband. Das erinnert mich daran, was bei unserem Interview passiert ist. Madame Chamack hatte ständig auf dieses Ding gelinst … Es misst bestimmt das, was für sie am meisten zählt: die Zahl der Menschen, die gerade zusehen. Und genau darin muss der Akuma sein.

»Ich übernehme die Prime Queen«, erkläre ich meinem Mitstreiter.

»Und ich die Tür«, antwortet er.

Blitzschnell schleudere ich mein Jo-Jo auf die Superschurkin, aber sie flieht durch einen Bildschirm, nur um gleich darauf auf einem anderen hinter mir aufzutauchen. Das wird wohl ein schwieriger Fall! Cat Noir versucht währenddessen, die Tür aufzubekommen.

»Wir sind gefangen!«, informiert er mich.

Inzwischen taucht das Gesicht der Prime Queen überall auf Bildschirmen im Waggon auf. Oh, wie ich dieses Programm hasse! Nicht mal auf einen anderen Kanal kann man wechseln.

»Hier die Regeln meiner Sendung«, dröhnt Prime Queen. »Ihr gesteht gleich live vor dem gesamten Publikum, dass ihr ineinander verliebt seid, und ich werde den Zug anhalten.«

Also das wird jetzt wirklich zur fixen Idee bei ihr!

»Superhelden lügen niemals«, erwidere ich. »Warum sollten wir etwas zugeben, das nicht wahr ist?«

»Ich will meine Sensation!«, schreit Prime Queen.

Cat Noir schlägt mir vor, seinen Katerclysmus zu verwenden, aber ich halte ihn davon ab. Diese Superkraft heben wir uns besser für einen echten Notfall auf! Vielleicht brauchen wir sie später noch. Für die Zwischenzeit habe ich eine andere Idee. Wir müssen die Superschurkin irgendwie in den Waggon locken, um an ihren Akuma zu kommen.

»Wir sollten so tun, als würden wir mitspielen«, flüstere ich meinem Mitstreiter zu. »Damit gewinnen wir etwas Zeit.«

Ich greife nach seiner Hand.

»Okay, Prime Queen, du hast gewonnen.

Wir gestehen alles. Cat Noir und ich, wir sind verliebt. Du hast recht: Wir zwei sind ein Paar.«

Kaum habe ich das gesagt, da zieht die Superschurkin abrupt die Bremse. Durch die Erschütterung verliere ich das Gleichgewicht und klebe dann praktisch an Cat Noir, der darüber sehr entzückt wirkt. Er schnurrt sogar!

Auf den Bildschirmen wirkt Prime Queen zufrieden.

»Unsere zwei Helden haben gerade ihre wahren Gefühle füreinander gestanden und damit das Leben ihres größten Fans und ihrer Freundin Chloé gerettet!«, erklärt sie. »Und genau das wollen unsere Zuschauerinnen und Zuschauer sehen! Aber das ist immer noch keine Rekordquote. Da braucht es noch etwas mehr!«

Noch so eine, die immer was zu meckern hat.

»Dann komm jetzt zu uns, Prime Queen«, fordere ich sie auf. »Schließlich bist du doch die Moderatorin der Sendung. Das Publikum will dich hier mit uns zusammen sehen!«

Mal sehen, ob sie den Köder schluckt!

»*Meine* Sendung, *meine* Spielregeln, Ladybug«, sagt sie. »Um zu beweisen, dass eure Gefühle echt sind, müsst ihr eure Masken ablegen. Und ihr müsst mir eure Miraculous geben.«

Ist doch klar, wer hinter allem steckt. Natürlich Hawk Moth!

»Auf keinen Fall, Prime Queen!«, gebe ich gleich zurück.

Cat Noir legt eine Hand auf meine Schulter.

»Warte«, sagt er. »Ich weiß, wie wir unsere Gefühle beweisen können.«

Und dann nähert er sein Gesicht meinem und sagt leise zu mir: »Spitz die Lippen!«

Kommt es nur mir so vor, als würde er sich darüber freuen? Wenn da nicht Adrien wäre, hätte ich mich vielleicht darauf eingelassen und Cat Noir geküsst. Aber na ja, ich habe nun mal Gefühle für Adrien!

»Auf keinen Fall, Kätzchen!«, weise ich ihn sofort ab.

Wütend schaltet Prime Queen alle Bildschirme ab. Ich bin am Boden zerstört! Wie sollen wir denn jetzt an ihren Akuma kommen?

# 5

## Alya in Gefahr

Ich habe mir ganz umsonst Sorgen gemacht. Prime Queen taucht im nächsten Moment wieder auf. So ist das wohl, wenn man berühmt sein will.

»Verehrte Zuschauerinnen und Zuschauer, machen Sie sich bereit, gleich werden Sie eine Sensation zu sehen kriegen, hahaha«, höhnt sie.

Als ich erkenne, wo sie sich jetzt aufhält,

bin ich entsetzt. Im Ägyptensaal des Louvre-Museums! Die Superschurkin hat ihn nach ihrem Geschmack umgestaltet, und zwar mit Bildschirmen in allen Ecken. Welch – schlimme – Überraschung hat sie wohl noch für uns parat?

In dem Moment öffnet sie einen Sarkophag … und darin liegt Alya.

Gefesselt!

Oh nein, der pure Horror!

»Ladybug!«, ruft sie. »Hilf mir, ich flehe dich an!«

Unerbittlich schließt Prime Queen sofort wieder den Deckel. Es zerreißt mir das Herz … Alya, meine beste Freundin! Sie hat bestimmt Todesangst, die Ärmste!

»Na so was … wartet mal«, wundert sich die Superschurkin scheinheilig. »Ist das nicht das Mädchen mit dem berühmten Lady-Blog? Diejenige, die Ladybug als Erste gefilmt hat? Also, Ladybug und Cat Noir,

gebt mir eure Miraculous oder euer größter Fan wird als Mumie enden!«

Ohne zu zögern, stürzen mein Mitstreiter und ich uns in den erstbesten Bildschirm. Wir müssen so schnell wie möglich zu Prime Queen und sie ein für alle Mal daran hindern, weiter Unheil anzurichten. Aber anstatt wie erwartet im Louvre und von Angesicht zu Angesicht Prime Queen gegenüberzustehen, landen wir … in einem Kühlraum!

»Sie hat uns reingelegt!«, wird mir eine Sekunde zu spät klar.

Ich versuche, die Tür zu öffnen. Nichts zu machen! Auf einem der Bildschirme lacht Prime Queen triumphierend.

»Ich kann meinen Katerclysmus benutzen«, schlägt Cat Noir vor.

»Das hat keinen Zweck«, antworte ich. »Sie hat uns bestimmt weit weg vom Museum eingesperrt. Bis wir bei Alya sind, ist es zu spät!«

Ausgerechnet jetzt versucht mein Mitstreiter noch mal, mich zu küssen. Als ob mir gerade nach so was zumute wäre, während meine beste Freundin in Lebensgefahr schwebt!

Als ich ihn zurückweise, wirkt er wirklich sehr deprimiert. Er könnte mir fast leidtun.

»Höchste Zeit, sämtliche Quoten zu brechen!«, verkündet nun die Superschurkin auf dem Bildschirm »Ihr habt noch eine zweite Chance. Gebt mir eure Miraculous und zeigt allen, wer ihr wirklich seid. Die ganze Welt schaut auf euch!«

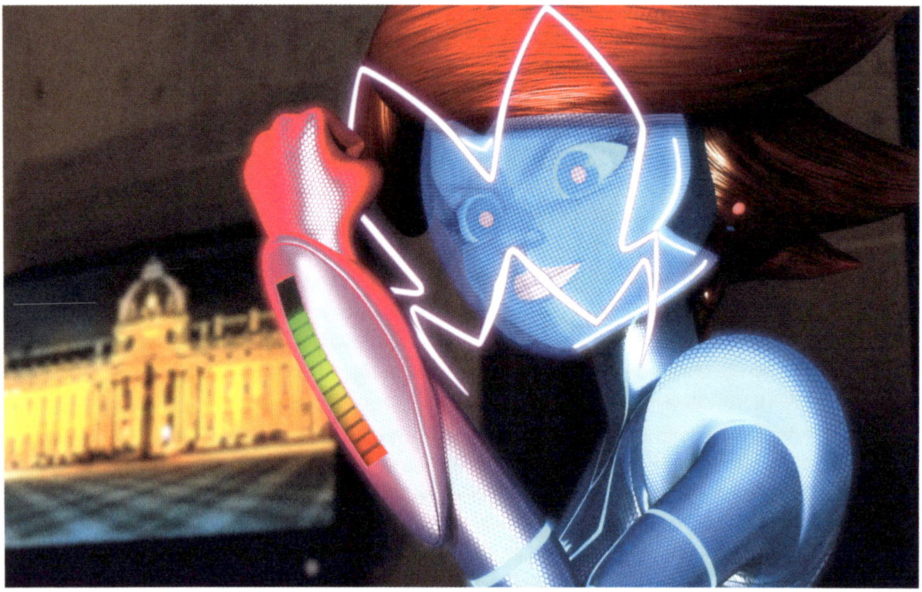

Also, allmählich nervt sie echt! Erst will sie unbedingt, dass wir unsere Gefühle eingestehen. Und jetzt will sie auch noch wissen, wer wir sind.

Ganz sicher nicht … was denn noch?

Prime Queen hebt den Sarkophag an, in dem Alya liegt.

»Es ist sinnlos, nach einem Ausweg zu suchen«, warnt sie uns. »Wollt ihr wirklich zusehen, wie euer größter Fan ertrinkt?«

Sie schaltet einen der Bildschirme vor sich an – der eine Brücke über die Seine zeigt. Dann schiebt Prime Queen vor unseren entsetzten Augen den Sarkophag in Richtung Bildschirm … Wenn sie so weitermacht, wird Alya in die Tiefe stürzen!

»Beeilt euch, ihr Turteltäubchen«, drängt uns Prime Queen. »Lasst die Zuschauer nicht warten!«

Zum ersten Mal bin ich einer Meinung mit ihr. Ich beschließe, meine Superkraft einzusetzen.

»Glücksbringer!«, rufe ich und werfe mein Jo-Jo in die Luft.

Was werde ich wohl heute bekommen?

Im selben Moment verwandeln sich die Marienkäfer … in eine Rolle Klebeband. Hm, ich könnte ja Cat Noir damit den Mund zupflastern. Dann kann er nicht mehr versuchen, mich zu küssen – sonst kann ich wirklich nicht erkennen, wie dieser Gegenstand mir helfen soll.

Ich schaue mich um. In den Regalen stehen lauter mit Vorräten gefüllte Kisten, ein Bildschirm an der Wand …

Das ist es, ich weiß es jetzt!

Ich ziehe einige Kisten vor, um zu sehen, was sie enthalten. Kartoffeln, Fisch … Voilà, eine Tiefkühlpizza im Karton! Genau das, was ich gesucht hatte. Ich gebe die Pizza an Cat Noir weiter und klebe den Karton über den Bildschirm, um ihn abzudecken.

Ein Kinderspiel! Die Superschurkin kann uns nun nicht mehr sehen!

»Du hast gewonnen, Prime Queen!«, erkläre ich. »Wir nehmen jetzt unsere Miraculous ab. Die ganze Welt wird uns ohne unsere Masken sehen.«

»Und wir werden uns küssen!«, beteuert mein Mitstreiter. »Schade, dass du das verpasst!«

»Ist wohl nicht gerade dein Glückstag«, reize ich sie.

Ich würde mein Jo-Jo darauf verwetten, dass sie einem solchen Knüller nicht widerstehen kann. Als Prime Queen ihren Arm durch den Pizzakarton streckt, packe ich zu und werfe sie zu Boden. Und Cat Noir übernimmt es, den Bildschirm zu zertrümmern.

Jetzt sitzt die Superschurkin mit uns fest.

Aber besiegt ist sie noch nicht. Sie schlägt nach uns. Okay, wenn sie die harte Tour will, die kann sie haben! Wir gehen zum Angriff über! Zum Glück kenne ich ein paar sehr wirksame Griffe.

Während ich Prime Queen am Boden festhalte, zertrümmert Cat Noir ihr ach so geliebtes Armband. Dann ballt er die Faust.

»Katerklysmus!«

Sobald seine Hand sich mit Zerstörungspartikeln aufgeladen hat, legt er sie auf die Tür, die daraufhin verschwindet. Ach, was bin ich froh, dass ich endlich dort rauskomme!

»Ladies first!«, ruft mein Mitstreiter und lässt mir den Vortritt.

»Merci, Kätzchen!«, sage ich.

Ich muss nun nur noch den Akuma mithilfe meines Jo-Jos einfangen, damit er wieder zu einem süßen kleinen Schmetterling wird. Danach werfe ich die Rolle Klebeband in die Luft.

»Miraculous Ladybug!«

Ich weiß, dass die magischen Marienkäfer alles wieder in Ordnung bringen … und Alya zu Manon zurückbringen. Während

Madame Chamack sich verwirrt fragt, was eigentlich passiert ist, geben Cat Noir und ich uns wie gewohnt die Faust.

Wir sind vielleicht kein Liebespaar, aber uns verbindet wirklich etwas Einmaliges: Wir kämpfen gemeinsam, um Paris zu retten. Und obwohl es gefährlich ist, haben wir durchaus gelegentlich unseren Spaß… Na ja, wenn Cat Noir nur endlich damit aufhören würde, ständig irgendwelche Küsse von mir einzufordern.

Wie auch immer, ich sage es jetzt, ich wiederhole es, ich schreibe es sogar in Großbuchstaben – für alle, die immer noch so ihre Zweifel haben: WIR SIND KEIN LIEBESPAAR!

Kapiert?

Nachdem ich meinen Glücksbringer verwendet habe, verwandle ich mich wieder in Marinette und eile so schnell wie möglich nach Hause. Uff, meine Freundin ist dort, zusammen mit der kleinen Manon, die selig schläft.

Ich bin so erleichtert! Und alles tut mir schrecklich leid ...

»Oh, entschuldige, Alya, Ich hätte nicht gedacht, dass das mit meinen Eltern so lange dauert.«

»Du hast echt was verpasst«, antwortet sie aufgeregt. »Ich wurde von einer Superschurkin als Geisel genommen!«

Ich tue total überrascht, aber insgeheim bin ich beruhigt. Alya wirkt zumindest nicht traumatisiert. Als sie erzählt, dass Ladybug zu ihrer Rettung herbeigeeilt ist, kann ich ein Grinsen nicht unterdrücken … Sie ist nicht sauer auf mich, weil ich verschwunden bin. Ich muss ihr nur versprechen, dass ich sie beim nächsten gemeinsamen Abend nicht wieder allein lasse.

Sag ich doch – sie ist eine klasse Freundin. Die beste im gesamten Universum!

Ein paar Tage später gibt es eine neue Sendung im Fernsehen. Sie heißt »*Side-by-Side*« und wird moderiert von … Tadaa! Nadja Chamack.

Das ist das Tüpfelchen auf dem Jo-Jo: Ihr Gast ist niemand anderes als Alya.

Ich freue mich so sehr für sie!

Gemeinsam fassen meine Freundin und die Moderatorin die besten Momente von Cat Noir und mir zusammen … und bringen die Quoten zum Explodieren!

Ich für meinen Teil habe meine Lektion gelernt: Bühnen, große Auftritte, Kameras, das ist nichts für mich. Ich bin eine Superheldin, kein Superstar.

Und das ist auch gut so für mich.

ENDE